# حكايا ست الحسن

## حكاية

# الأفعى البيضاء

## د. جُمان الريحاني

إهداء..


إهداء إلى حكايات عالم الخيال


إهداء إلى الأساطير والحكايات الغريبة


إهداء إلى عشاق عالم القصص والخيال


جمان الريحاني

## سر الجمال

كان يا ما كان في قديم الزمان فتاة جميلة وكان يأتيها خاطبون كثيرون ويعشقها من الرجال الكثير، ولكنها كانت لا علاقات لها ومعرضة عن الزواج لسبب ما.

لم تكن تلك الفتاة توطد علاقتها بأي رجل خشية أن تتعلق هي به، لذا كانت تتحاشى التواجد مع أي رجل لأنها تعلم تماما بأنه سوف يحبها لجمالها.

كانت تمر السنين والفتاة على جمالها، والرجال الذين عشقوها سابقا منهم من تزوج، ومنهم من عاش حياته ومنهم من مات.

ومع كل جيل يصبح لديها عاشقون من جديد.

كان الأمر يؤلمها ولكنها لم تكن تملك باليد حيلة، ولكي لا تنعت بالطفرة، ولكي لا تنعت بالسوء الصفاء كغريبة الأطوار، والتي لا تشيخ والمرأة الفتاة، ولكي لا يتنمر عليها.

ولأنها لا يظهر عليها السن ولأن الشباب الذين يقعون في غرامها كانوا يكبرون يتزوجون ويموتون وهي تبقى على حالها لسنوات وسنوات، لذا كان يجب عليها أن تتصرف وأن تجد حلها لمشكلتها.

وهكذا وبعد طول تفكير في مشكلتها العويصة اتخذت قرارا بأن تغير القرية كل فترة، ولم تكن تحب المكان المكتظ بالناس لذا كانت تسكن الجبال والغابات وبالقرب من الأنهار.

كانت في بداية رحلاتها تبحث عن القرى والمدة الصغيرة وتعيش في الأرياف كثيرا إلى أن اعتزلت كل الناس، وأصبحت تعيش في أماكن لا تطأها قدم بشر.

### حياة الغابة

وفي إحدى المرات وبعد سنوات طويلة من العيش بتلك الطريقة، أرادت العيش في الغابة بعد أن اعتبرت بأن جمالها هذا هو لعنة عليها، يعجب الناظرين ولكن لا يحق لها التمتع به.

لقد توصلت إلى نتيجة أكيدة وهي أن الجمال في حالتها، ما هو إلا لعنة وليس أبدا أمر يثير الدهشة أو الإعجاب، بل هي لعنة وتجلب المتاعب والأسى.

كانت الفتاة جملية رشيقة طولها متوسط، وذات شعر أسود طويل ولا تلبس إلا اللون الأبيض لأنها كانت ترى حياتها بلون واحد، بينما حياة باقي البشر ملونة كثيرة الألوان.

وبعد سنوات عديدة وهي تعيش لوحدها في تلك الغابة، أصبحت تعرف لغة الحيوانات والحشرات والزواحف، ولم يكن لديها أصدقاء إلا هم.

أصبحت صديقة مع ذكر أفعى هرم، بعد أن لاحظ وجودها في الغابة وانعزالها عن البشر الذين لم يكن لهم عاطفة طيبة، لذا كان يحكي لها عن البشر وسوء فهمهم له ولأبناء جنسه، واخبرها بأنه كان لديه الكثير من الأبناء، ولكنه اليوم لم يبق من نوعه إلا هو.

مات جميع أفراد عائلته على مر السنوات بأسباب مختلفة، حتى أبناؤه كلهم ماتوا وجنسه يكاد ينقرض

السبب وراء خسارته لكل أولاده، كان أن نوعهم نادرا جدا لذا كان البشر يأتون إلى هذه الغابة في مجموعات فيصطادونهم ربما لكي يدرسوا نوعهم، ولكنه علم بأنه كانوا يعذبونهم ويأخذون منهم سمهم.

لقد كانوا صيادين فكانوا يتمكنون من إلقاء القبض على الصغار والإناث بسهولة كبيرة، كما أن الذكور من الأفاعي لم ينجو من مصائدهم وفخاخهم.

وهكذا فهم لم يتوقفوا عن الاصطياد الوحشي، حتى قضوا عن كل أفراد عائلاته وقرضوا فصيلتنا.

تألمت الفتاة لما سمعته وسألته وقالت:

لا أصدق ما أسمعه..

لا أصدق ما حدث معكم رغم أنني قد عانيت من وحشية البشر أيضا، ولكن إن ينقرض جنسكم بسببهم فهذا ظلم عظيم..

كيف نجوت أنت؟

الثعبان:

لا أعلم..

حقيقة أنا لا أعلم، ربما كان هناك أمامي سنوات لأعيشها أو ربما القدر هو السبب، والذي له الفضل في بقائي على قيد الحياة إلى هذه الساعة.

الفتاة:

الحمد لله

الثعبان:

أجل.. إن الحياة نعمة ويجب علينا أن نشكر عليها، وأن نحافظ عليها

الفتاة:

أجل.. وأنا عشت طويلا..

**الثعبان:**

يجب أن تعيشي أكثر، أنت لازلت في مقتبل العمر

**الفتاة:**

مقتبل العمر، هل تظن ذلك؟

**الثعبان:**

أجل.. أنا أومن بذلك

فأنت شابة وجميلة.. ، وربما بعد سنوات طويلة وعمر مديد سوف تصبحين عجوزا مثلما أصبحت أنا شيخا

**الفتاة:**

وأبقى لوحدي..

أعيش لوحدي..

لا يمكنني تحمل ذلك..

**الثعبان:**

لا تستسلمي..، ولا تكوني منهزمة من مصاعب الحياة ناضلي، وكوني قوية..

**الفتاة:**

من أجل ماذا؟

**الثعبان:**

لا تعرفين.. ربما تفاجئك الحياة بشيء لا تتوقعين

**الفتاة:**

مثل ماذا؟

**الثعبان:**

لا تفكري كثيرا أتركي ذلك للحياة، فهي قادرة على صنع المعجزات.

**الفتاة:**

حسنا.. سوف أسمع كلامك..

**الثعبان:**

وأنت فتاة مطيعة وذات أخلاق جيدة

**الفتاة:**

شكرا لك..

**الثعبان:**

اعتبريني صديقا أو فردا من عائلتك، سوف أبقى معك وأدعمك حتى ينتهي عمري الطويل هذا، والذي تعبت من طوله.

**الفتاة:**

لا تقل هذا الكلام..

فأنا لم أصدق أن وجدت من أشاركه أفكاري، وبما يخالجني، وما يدور بخلدي.

**الثعبان:**

شكرا لك..

**الفتاة:**

لا داعي للشكر..

ألم تقل بأننا عائلة..

عندما سمعت الفتاة ذلك لم تصدق فسألته:

هل حقا يستطيعون تخليصهم من السم الذي في أجسادهم؟

فأخبرها بأنهم كانوا يفعلون ذلك ..

ولكن ليس إلى الأبد، فقط لفترة فقد كانوا يستعينون بذلك السم ويستعملونه.

ويستفيدون به..

**الفتاة:**

وماذا يحدث للثعابين؟

**الثعبان:**

يتعذبون كثيرا لأن السم هو جزء من أجسادهم، كما أنه سلاح لدينا..

**الفتاة:**

أنا آسفة..

**الثعبان:**

لا تتأسفي أنت لا ذنب لك

أنا أعلم أنه يوجد بشر سيئون، ويوجد آخرون طيبون

وأنت من الطيبين يا عزيزتي..

ليس كل البشر سواء وليست كل الكائنات سواء، فهناك المفترس وهناك من يدافع عن نفسه وعن عائلته

وبيئته، وهناك من يفترس فقط عند الشعور بالجوع وهناك المتوحش، وهناك الأليف وهناك المروض وهناك المسجون.

لا تستطيعين يا عزيزتي أن تحكمي على الأشياء من الخارج، بل هناك أمور تغير الأحكام.

موت الثعبان الجد

وفي يوم مات الثعبان فكسر قلبها لذلك فقد تعلقت به كصديق ومات كما كان يموت الجميع، ولكنه وقبل موته سألها أن تطلب أمنية منه، لأنه يمكنه تقديم واحدة لها قبل وفاته، بالرغم من أن قوته خفّت في سنواته الأخيرة وهي أخف اليوم وهو يحتضر.

لم تقبل الفتاة ولم تكن تريد شيئا، وعندما أصر طلبت منه أن يبقى حيا لكي يؤنسها، ولكنه لم يكن يستطيع

تحقيقها لأن الأمر هكذا يخصه كما أنه لا يستطيع التحكم بالموت والحياة.

ضحك الثعبان.. ثم قال لها:

هل أحولك لأفعى مثلي، فلم يبق من هذا النوع على وجه الأرض سوف تصبحين نادرة الوجود.

علمت الفتاة بأنه يمزح فقالت له، وهي تمازحه لكي لا تضغط عليه:

ألا ترى بأنني نادرة الوجود كفاية.

إن كان الأمر كذلك حولني إلى أفعى جميلة مثلك، بيضاء اللون لها حراشف ذهبية قليلة.

قال لها:

نحن تجمعنا الطيبة والسم، وسوء فهم الناس لنا.

تحقق أمنيتك، وقام بقرصها وقال لها:

السم الذي في جسدك أقوى من سمنا..

ولكن.. ها قد تحقق أمنيتي أنا أيضا لم ينقطع نسلنا، أنت في مثابة ابنة لي وسوف يهيأ لكل من يراك عندما تتحولين إلى أفعى، أنك من هذا النوع الخاص.

ومات الثعبان، بعد أن بكت عليه الفتاة كثيرا، فكرت في أن تدفنه، ولكنها عندما حملته في يدها وقد كان كبير الحجم جدا، وكان جلده ينسلخ عنه..

وفعلا انسلخ عنه جلده وكانت جثة الثعبان الجديدة لزجة، لذا قررت أن تتروى في دفنه، وبعد مرور يوم وهي تنتظر أن يجف لكي تدفنه حملته مرة ثانية، فحدث نفس الأمر فانسلخ الجلد الجديد وأصبح بين يدها ثعبان جديد، وبالقرب منها جلد جديد، ففعلت ما فعلته المرة الماضية.

وبعد مرور عشرة أيام..، أصبح في حوزتها سبعة جلود، ولم يقم بتلك العملية مرة أخرى، فقد انتظرته ثلاثة أيام، ولم يعد الكرة لذا قررت دفنه.

دفنت الفتاة الثعبان وأقامت له مقاما، ووضعت أمامه شاهدا لكي تبجل آخر ثعبان من تلك الفصيلة.

وأصبحت تكلم ذلك المقام كلما احتاجت للكلام معه، فهو أكثر شخص أو حيوان أحبته في حياتها، وهو الوحيد الذي تفهمها.

## أفعى الغابة الجميلة

بعد مرور الكثير من الوقت تعودت الفتاة على الوحدة قليلا ولم تعد توطد علاقتها حتى مع الحيوانات، جربت ما قاله لها الثعبان وكانت كلما أرادت التحول إلى أفعى ضغطت على مكان القرصة التي قرصها لها، وأغمضت عينيها فتتحول إلى أفعى بيضاء جميلة.

وفي يوم كانت على هيئة أفعى وكانت تتجول، فهذه الهيئة تمكنها من الزحف على الأشجار، والتنزه عاليا ورؤية الغابة من فوق.

ولكن لم يكن الأمر قد وصل إلى هذا الحد فقط، بل أن جسدها كان قادرا على فعل ما لم يفعله الثعبان الحقيقي، فكانت تتلون مع المحيط، كما تفعل الحرباء وهي على هيأة الأفعى.

وكانت تمتلك خاصية جديدة أيضا، وهي أنها كانت تحب السباحة وقد كان في وسط الغابة عين تتدفق في بحيرة صغيرة، فكانت أحيانا تسبح بها أو تستحم فتتحول أفعى بيضاء، وتدخلها فتصبح بعد ذلك أفعى شفافة زجاجية تشبه الماء، وكان للسباحة على هيأة أفعى متعة أخرى.

لقد كانت تحب السباحة وهي أفعى، فالسباحة في تلك الهيأة تكون أكثر سلاسة ومرونة، وانسيابها مع المياه يجعلها تشعر بأنها تنتمي للبحيرة وحيواناتها ومياهها، وكأنها جزء من الماء وتنتمي إليه.

وعندما تخرج تستلقي قليلا فتتحول إلى اللون الأبيض، وعندما تجف قليلا تصبح امرأة تحت أشعة الشمس.

لقد كان منظرها جذاب ويدعو للنظر والإعجاب، والغرام بما ترى.

كانت كل الحيوانات معجبة بها، ولم يسبق أن وقع نظر أي بشري عليها، فلو رآها أي شخص من الصيادين الذين أخبرهم عنها الثعبان الجد، لربما قاموا باصطيادها وإلقاء القبض عليها..

ربما كانوا أخذوهما من أجل إجراء البحوث والتجارب والدراسات عليها

فالعلماء والباحثين غالبا ما يمسكون بكل ما هو، غريب من أجل دراسته ودراسة كلما هو غريب ويتعلق به، في العادة تجرى البحوث والتجارب على فئران التجارب، ولكن في أحيان كثيرة ما تتم إجراء

التجارب على المخلوقات النادرة، وان لم يكن منها الكثير.

ولكنها وطيلة الفترة التي عاشتها في الغابة لم ترى أحدا من البشر، ولم تطأ أي قدم بشري أرض الغابة لا من بعيد ولا من قريب، لذا إكانت تشعر بالراحة والأمان.

**الفخ الأليم**

**مصيدة العمر**


أصبح هذا الاستحمام عادة لديها، وبينما هي في إحدى المرات تحت أشعة الشمس في انتظار أن تجف حتى وجدت شبكة قد وقعت عليها، انتابها الخوف، فتخبطت وحاولت التحرر منها ولكنها لم تستطع.

بعد ذلك اقترب منها رجل ولكنها لا زالت لا تعرف ما حدث بعد ذلك، إلا أنها عرفت بأنها قد وقعت في فخ ما، فربما هذا الرجل هو صياد.

عندما استفاقت الفتاة وهي لازالت على هيأة أفعى
وجدت نفسها محبوسة، وقد كانت في مكان يشبه
المخيم ولكنها لازالت في الغابة نفسها، ولكن كل ما
يحيط بها يجعل المكان يبدو غريبا.

استطاعت الفتاة أن تحرر نفسها بكل سهولة
وعندما خرجت من سجنها، تحولت إلى فتاة فأخذت
قطعة ثياب من ثياب الرجل التي كانت تجف بالقرب
من النار المشتعلة.

مشت الفتاة لتستكشف المكان وقد كانت تشعر
ببعض الألم لأن الشاب على ما يبدو قد فعل لها شيئا
ما عندما كانت أفعى.

تجولت الفتاة في المكان ونظرت إلى ذلك الرجل
الذي يغط في نوم عميق، ثم قررت الرحيل قبل أن
تجعله يستيقظ.

حاولت التملص من ذلك المكان دون أن ينتبه ذلك
الرجل، فلو انتبه.. ربما لألقى عليها القبض أو سجنها
أو ربما فعل أمر سوف تندم عليه كثيرا.

لقد حاولت الفتاة التصرف بسرعة.. لكي لا يقع
أي خطأ قد يكلفها حياتها ربما.

## الأفعى والصياد


همت الفتاة بالرحيل بعد أن كانت تراقب تفاصيل وجه الرجل النائم بالقرب من النار، يبدو أن الفتاة قد اشتاقت للبشر وللتواجد معهم وبالقرب منهم.

وما أن أعطت ظهرها للرجل حتى أحست وكأن يدا تمسك بذراعها وعندما التفتت وجدته الرجل الذي لم يكن نائما.. بل كان يتظاهر بالنوم فقط.... وقد علم بأنها هي الأفعى البيضاء وأنها فتاة في الحقيقة.

لقد علم بالحقيقة وعرف بأنها تستطيع أن تغير شكلها ويمكنها، أن تصبح امرأة شابة ويمكنها أن تصبح في هيأة الأفعى البيضاء النادرة.

حاولت الإفلات من قبضته..، ولكن.. يده كانت قوية وعندما اعتدل في الجلوس، وأراد أن يقف..، لكي يقبض عليها، وهو يحاورها، ويقول:

انتظري..

لا تخافي..

أنا لن أقوم بأذيتك..

أريد فقط أن أعرف ما أنت بالضبط؟

هل أنت بشر أم أفعى؟

لم يفلتها الرجل، بل.. وأمسكها بيده الأخرى

فجاءت على المكان الذي قرصها فيه الثعبان وأغمضت عينيها وفجأة تحولت إلى أفعى بيضاء..

وهربت من الرجل الذي لم يشأ أن يصطادها مرة أخرى.

..

زحفت الأفعى بعيدا.. ولم يبذل الرجل جهدا لكي يطاردها، بتصرفه هذا، وكأنه أطلق سراحها.

بالإضافة إلى الدهشة لم يكن يصدق بما رأته عيناه، وكيف كانت الفتاة حقيقية وجميلة جدا.

لقد كان يعلم بأن الأفعى البيضاء هي أفعى نادرة الوجود، ولكنه لم يكن يعلم بأنها تغير شكلها هكذا، فقد رآها وهي شفافة تسبح في البحيرة، ورآها وهي تصبح بلون غمق أو تتلون  ثم رآها وهي فتاة.

لم يكن يعلم بأن وراءها حكاية تشبه الأسطورة، ولم يسمع عن شيء مثل هذا من قبل أبدا.

لقد كان مسلوبا في البداية بجمال الأفعى البيضاء، التي كان قد رآها على أرض الواقع لأول مرة في حياته، وهو منذ زمن يحلم برؤية إحداها.. رغم أنه كان ليس متأكدا من أنها لا تزال موجودة، فمنذ فترة طويلة والصيادون يبحثون عنها، ولكن يعودون بعد مدة من البحث في الغابة بلا شيء ولا نتيجة.

قرر ذلك الرجل أن يبقى في الغابة حتى يفهم الحقيقة كاملة..

وعندما اختفت الأفعى عن الأنظار توجه الرجل إلى قارورة وحملها في يديه، كان بها بعض السم يبدو أنه قد أخذه من تلك الأفعى أو المرأة.

لقد كان محتارا ولم يستطع أن يفهم ما الذي رآه بأم عينه، هل كان حقيقة أو خيال.

فلو رجع إلى نفسه فكل ذلك هو أمر حقيقي ولو عاد إلى أن يخبر أحدا بما حصل معه، فإنه لن يصدقه أحد بل سوف ينعته الجميع بالجنون.

## الوقوع في حب الصياد


عندما شعرت الفتاة بأنها أصبحت بعيدة عن الرجل وفي مكان آمن، عادت إلى طبيعتها كفتاة، وتوجت إلى الكهف الذي كانت تعيش فيه.

كما أنها بعد أن أصبح في إمكانها العيش كأفعى طلبت من بعض الحيوانات مساعدتها، لكي تقوم ببناء بيت على شجرة تصعد إليه زحفا، وتنزل منه زحفا ولكنه مليء في داخله بالحياة التي تشبه حياة البشر.

بعد أن استجمعت أنفاسها، راحت تفكر..

كيف أن تمكن الرجل من لمسها لمدة من الوقت؟

ولم يحدث له شيء، لم تكن تقصد عندما أمسك بها وهي أفعى..

وكيف لمس جلدها؟

بل.. كانت تفكر..

كيف تمكن من لمس يدها وذراعها لمدة من الوقت؟

أرادت الفتاة أن تتأكد ما إن كان الرجل مازال حيا، فذهبت إلى حيث كان هو، ووجدته بعد أن كان الضوء قد طلع، فقد مرت ليلة بالكامل.

وجدت الفتاة الرجل يستحم في نفس البركة التي كانت تستحم هي بها، كان الرجل وسيما جدا، يستحم في البركة، ويلعب مع بعض الحيوانات، وكأنه لا يخاف شيئا.

لقد أعجبت الفتاة به وهو يسبح في تلك البركة
وكأنه... كأنه... لقد أطلقت عليه لقب أجمل رجل...

لقد كان أجمل البشر في نظرها..

سرق قلبها ولكنها كانت متفاجئة لأنه مازال على
قيد الحياة.

وكأن الرجل الذي كان في وسط البركة، قد شعر
بوجود أحد يراقبه، فراوده الشك في أنها الفتاة.

ربما قد تكون هي التي تقوم بمراقبته، لذا ولأنه
اعتقد بأنها هي راح يخاطبها ويقول:

هل هذه أنت؟

أنا اشعر بأن هناك أحد ما يراقبني...

هل هذه أنت؟

أيتها الفتاة ..

لما لا تظهرين؟

أنت تعرفين بأنني لن أؤذيك

تعالي ... يمكنك السباحة معي..  ألا تحبين السباحة؟

تعالي لتسبحي برفقتي..

أنا أمزج معك لذا لا تغضبي

هيا أيتها الفتاة..

أخرجي من مكانك ولنتحدث.

كانت الفتاة تبتسم من حسّ الفكاهة الذي لديه،
وفجأة خرج الشاب من البركة فأشاحت بنظرها بعيدا،
لكي تتيح له المجال لكي يرتدي ثيابه..

بعد أن ارتدى ثيابه، قال:

لقد أخذت قميصي ليلة البارحة ألن تعيديه إلي.

فخرجت الفتاة من مخبأها..

وقد كانت وراء شجرة في مكان عالٍ.. بالقرب من العين التي تصب في البحيرة، وقالت:

سأعيده.

**الرجل:**

ماذا؟

**الفتاة:**

أنا أتكلم عن القميص.

سوف أعيده إليك فيما بعد، لأنني لا أحمله معي..

**الرجل:**

لا عليك..

**الفتاة:**

حسناً..

**الرجل:**

انتظري..

**الفتاة:**

ماذا هناك؟

**الرجل:**

أريد أن أتعرف عليك؟

هل يمكننا أن نتعرف؟

**الفتاة:**

لا أعلم..

**الصياد:**

أريد أن أعرف.. كيف يمكنك التحول إلى أفعى أم أنك تتحولين إلى بشر، وفي الأصل أنت أفعى؟

**الفتاة:**

لا أريد التكلم في هذا الموضوع..

**الرجل:**

ولكن لما؟

**الفتاة:**

فقط هكذا.

وهمت الفتاة بالرحيل وعندما أدارت ظهرها قال لها:

انتظري..

التفتت إليه، وقالت:

ماذا هناك؟

**الرجل:**

مع من تعيشين هنا؟ هل تعيشين لوحدك؟

**الفتاة:**

نعم..

**الرجل:**

ألا يوجد أشخاص مثلك؟

**الفتاة:**

ماذا تقصد بمثلي؟

كانت الفتاة ستغادر المكان ثم أصبحت عصبية قليلا وأصبحت تطرح عليه الكثير من الأسئلة..

فقالت:

ولكن.. أنا أيضا لا أعرفك

وماذا تصطاد الأفاعي؟

هل أنت تجري عليهم التجارب، وتسحب سمهم؟

وماذا بعد ذلك؟

هل أنت تقوم بتعذيبهم وبعد أن تأخذ السم، ربما أنت تقوم بقتلهم؟

هيا أخبرني أيها الرجل الصياد..

**الرجل:**

لا تفهميني.. بشكل خاطئ لأن هذه طبيعة عملي.

**الفتاة:**

عملك أن تسلب المخلوقات حياتهم..

**الرجل:**

لا.. الأمر ليس كذلك.

أنا لا أقوم بقتلهم، أنا فقط استخلص السم، ليقوم المخصصون بدراسته وتحليله من أجل إيجاد أدوية للسعات الأفاعي وغيرها.

**الفتاة:**

وماذا تفعلون بالأفاعي فيما بعد؟

**الرجل:**

حقيقة أنا لا أعلم لأن هذا يفوق صلاحياتي، ولكن..
أظن أنه يوجد البعض منها في الحديقة الوطنية..

**الفتاة:**

وهناك التي بفضلكم قد انقرضت..

**الرجل:**

ماذا تقصدين؟

**الفتاة:**

لا شيء..

استمر هذا الحوار بعض الوقت فلاحظت الفتاة بأن الرجل كان لطيفا ولكن الأهم من كل ذلك أنه كان على قيد الحياة ولم يحصل له شيء، ففي العادة وهذا أمر لا يعرفه الكثيرون أن من يلامس جسدها كان يموت على الفور.

السبب وراء أن جسدها كان ساما، هو أنه كان يوجد نوع من السم في جسد الفتاة مما جعلها لا تخالط البشر كثيرا، أو بالأحرى لا تقترب منهم جسديا.

لقد مرت الفتاة بفترات صعبة كثيرا في حياتها، بسبب تلك الخاصية الموجودة في جسدها أو على جسدها والتي تمنع لمس أي شخص لها.

لقد كان جلد الفتاة قاتلا وهذا ما جعلها تهرب من الناس، ولا تقترب منهم كثيرا خاصة التلامس لذا علمت بأنها لن تتزوج يوما، ولن يكون لديها حبيب دائم.

تلك الميزة أو الخاصية هي التي جعلت الثعبان يقول لها يوما:

نحن متشابهان، أننا نشترك في كوننا طيبان، ونحمل السم، ونخاف من البشر.

لكن الفتاة أصبح لديها اليوم تفكير جديد، ألا وهو كيف لهذا الشاب البقاء حيا مع أنه قد أمسك يدها، ولمس جلدها وطال الإمساك بذراعها.

لقد ولد لديها أمل جديد كما أنها استساغت الرجل كثيرا وأعجبت بطيبته وكلامه الذي يبدو صافيا وصادقا.

بقيت تتكلم معه حتى مرّ وقت طويل وحتى أنه قد صعد إليها، وأصبح قريبا منها من حيث المسافة.

لقد تقلصت المسافة بينهما، ولم يعودا غريبين بعد الآن..

بعد أن فكرت الفتاة كثيرا فيما حدث معها، وخاصة أن الرجل مازال حيا، وهذا سبب بهجتها، فهو لا يستحق الموت لأنه طيب القلب ولا يليق بع عمله كصياد،علمت الفتاة بأن السر وراء ما حصل ثلاثة احتمالات:

أولا:

الاحتمال الأول.. هو أن ما حدث نتيجة لأنها تغيرت طبيعة جسدها، وأصبحت تتحول إلى أفعى.

**ثانيا:**

أن السر.. يكمن في الرجل ربما يحمل سرا في جسده، مكنه من البقاء حيا أو ربما يتناول دواء ما، أو ربما هو مصاب بمرض ما أو في داخل جسمه شيء ما.

أو شيئا من هذا القبيل..

**ثالثا:**

وهذا هو آخر احتمال وهو أن الرجل قد فعل لها أمرا ما ليلة البارحة، ربما سحب منها سما كما أخبرها الثعبان.

وبعد طول تفكير سألت الرجل لكي تتأكد من الاحتمالات، وقالت له:

هل تسمح لي بسؤال؟

**الرجل:**

اسألي ما تشائين..

فكرت.. هل تسأل عن نفسها؟

أو عنه هو، ربما ارتاب من سؤالها، ولكنها تشجعت
وقالت:

هل أنت تعاني من مرض ما؟

ضحك.. وقال:

لا.. الحمد لله.. أنا بصحة جيدة..

**الفتاة:**

هل تتعاطى دواء ما؟

**الرجل:**

لا أبدا..

ولكن.. لماذا أنت تطرحين هذه الأسئلة؟

**الفتاة:**

لدي أسبابي.. أريد أن أعرف عنك بعض الأمور،

كيف أنك شجاع.. لذا أنت صياد..

**الرجل:**

لا.. في الحقيقة.. أنا لم أكن كل حياتي صياد

**الفتاة:**

ماذا كان عملك اذن؟

**الرجل:**

لقد كنت عالم نباتات..

**الفتاة:**

وكيف غيرت عملك؟

**الرجل:**

عمي يمتلك مخبرا للسم، وإنتاج الدواء، وأنا كنت احتاجه من أجل إجراء بحوثي.. لذا ها أنا أسديه خدمة فقد كان صيّادا، ولطالما كلمني عن الأفعى البيضاء، كان حلمه بأن يراها، وأنا كنت أشاركه حمله

**الفتاة:**

عملك صيّاد

**الرجل:**

نعم..

**الفتاة:**

الصيد عمل قاس..

**الصياد:**

ولكن.. أنت لا تفهمين الغاية وراء ذلك

**الفتاة:**

وما هي؟

**الصياد:**

نحن نصنع الدواء من ذلك السم، وندرسه من أجل صنع الدواء لعلاج الناس.

**الفتاة:**

أحقا؟

**الصياد:**

أجل.. طبعا..

**الفتاة:**

حسنا.. لم أكن أعلم أنه عمل نبيل.

**الصياد:**

لا.. ليس كل الصيد هو عمل نبيل، أنا اقصد الصيد الموجه لأغراض علمية وطبية

**الفتاة:**

أوه.. لقد فهمت..

فقال لها:

هل يمكنني أن اطرح أنا سؤالا؟

**الفتاة:**

نعم.. ولكن ليس عن التحول..

**الصياد:**

لا.. ليس عن ذلك..

**الفتاة:**

تفضل..

**الصياد:**

ما هو اسمك؟

**الفتاة:** (وهي تبتسم)

اسمي ايكيوم

echim

**الصياد:**

اسم جميل..

**ايكيوم:**

وما هو اسمك أنت؟

**الصياد:**

اسمي بيار فيرمونت

**ايكيوم:**

سعدت بلقائك بيار فيرمونت

**بيار:**

وأنا أيضا يا ايشيم الجميلة

**ايكيوم:**

شكرا لك بيار

**بيار:**

على ماذا تشكرينني؟

**ايكيوم:**

على كل شيء..

لأنك لم تقم باصطيادي مرة أخرى

لأنك حررتني وأطلقت سراحي

لأنك رجل طيب

وأيضا.. لأنك مازلت حيا

**بيار:**

لأنني مازلت حي

**ايكيوم:**

نعم لأنك مازلت حيا

وابتسمت وطأطأت رأسها وكأنها لا تريد أن تبرر

كلامها أكثر.

فاكتفى بيار بجوابها هذا ولم يشأ أن يقوم بإحراجها أكثر، لذا توقف عن طرح الأسئلة، رغم أنه كان يريد أن يعرف المزيد عنها والكثير.

لم يكن قرار بيار بالبقاء في الغابة مزحة ولا أمرا ليس في غاية الأهمية، لذا لقد جهز نفسه لكي يبقى لعدة أيام أخرى، وأراد أن يقنعها بأن ترافقه إلى المدينة أيضا.

فهو بالرغم من كل شيء لم يكن يعلم لما هي تعيش بعيدا هكذا يمكنها أن تعيش في المدينة، وأن تحتفظ بكونها تستطيع تغيير شكلها سرا لنفسها.

وفي اليوم الموالي فاجأته بأن أحضرت له معها بعض الفاكهة، فهي تعرف أين تتواجد على عكسه هو، وهي تعرف أيضا بأنه جائع.

وأحضرت معها أيضا قميصه..

تفاجأ بمجيئها ولكنها هي التي تفاجأت أكثر لأنها وجدته كالعادة يستحم ومن دون ثياب كثيرة، لذا فقد أشاحت بنظرها عنه وانتظرته حتى يرتدي ثيابه

لقد فرح بالفاكهة وأكلها بشراهة، وكأنه لم يأكل منذ زمن، وهذا ما جعلها تخبره بأنها تعرف مكان يستطيع التخييم فيه أحسن من هذا، لكنه رفض لأن المكان بالقرب من البحيرة رائع ويعجبه.

لقد توطدت علاقة الاثنين لدرجة أنه في إحدى المرات طلب منها أن تغير شكلها إلى أفعى، لكي يراها ففعلت، وهذه المرة لم يخف منها لأنها أفعى ضخمة،

وهذا لأنه يعلم حقيقتها فهي ايكوم الجميلة والبريئة ولا تنوي قتله.

لقد أصبحت علاقتهما مميزة ولمسها أكثر من مرة ليس عمدا، فمرة وضع يده على وجهها لكي يشيح بعض الشعر عن عيونها، ولمس جبينها وخدها.

لقد كانت بشرتها بيضاء شفافة تبدو ناصعة البياض جميلة وناعمة، لذا هو وضع يده على خدها ثم شعر ببعض الإحراج.. ونزع يده سريعا.

لكنها هي لم تتضايق لأنه لمسها، بل كانت تفكر فيه.. كيف أنه يستطيع لمسها، ويبقى حيا، كيف يعقل هذا.

لقد ألغت الاحتمال الثالث، والذي هو أن بيار لا هو يحمل مرضا يجعل جسده يتحمل السم الذي في جسدها ولا يتناول أية أدوية.

وبقي احتمالان أن جسمها قد تغير بعد أن أصبح بإمكانها التحول إلى أفعى، أو أنه هو فعل لها شيئا، ولكي تتأكد من الأمر.. سألته.. وقالت:

أريد أن اطرح عليك سؤالا، ولكني أريد منك أن تجيبيني بكل صراحة وصدق، لأن الجواب مهم بالنسبة لي وكثيرا.

**بيار:**

تفضلي.. ولا تترددي..

اسألي ما شئت..

**الفتاة:**

السؤال هو عني أنا.. وعن جسدي..

**بيار:**

ماذا تقصدين؟

**الفتاة:**

أشعر بتغير في جسدي، فما الذي فعلته لي؟

هل فعلت شيئا لي عندما كنت على هيأتي الأخرى؟

**بيار:**

ما الذي تشعرين به؟

هل تشعرين بدوار، سوف أعطيك دواء أم تشعرين بضعف مثلا.

لقد اعتقد بأنها مريضة، فأجابت بالنفي، وقالت الفتاة:

لا.. الأمر ليس كذلك، ولكن أنا أشعر بأن هناك أمر غريب في جسدي.

**بيار:**

مثل ماذا؟

هلا فسّرتي..

**الفتاة:**

لا تبالي.. إنه لا شيء..

**بيار:**

لماذا أنت مترددة هكذا؟

إن كان يؤلمك شيء أخبريني به فقط.

**الفتاة:**

لا .. لا تقلق.. بالعكس.. أنا أظن أنني بخير

**بيار:**

هل كنت تعانين من أمر ما؟

يمكنك إخباري قد أساعدك

**الفتاة:**

لا تعر الأمر أهمية سوف تعرف مع الوقت

بيار:

حسنا.. كما تريدين..

أيام مع الأفعى

كانت الفتاة لا تزال تشعر بالفضول حول السر وراء نجاة الشاب من لمستها المميتة، وهذا الأمر كان يشغل كل تفكيرها، ولم تستطع أن تجد تفسيرا له.

قررت أن تبقى بالقرب من ذلك الشاب وأن تحاول جهدها، لكي تعرف المزيد بسؤاله ومحاورته خلال تلك الفترة..

أما بالنسبة للشاب فقد أعجب كثيرا بالفتاة، وأيضا بقصتها أنها في الحقيقة أفعى، وقرر هو الآخر أن يبقى

في الغابة لفترة أطول.. للتقرب منها ربما أو لمجرد قضاء بعض الوقت معه،ا فلو هو خرج من الغابة قد لا يجدها مرة أخرى.

وهكذا اتفقا الاثنان على البقاء معا دون التصريح بمشاعرهما أو رغبتهما في قضاء الوقت معا.

وبين فترة والأخرى.. كانت الفتاة تتقدم إلى الشاب وتتودد من أجل أن تجري حوارا دون أن يكشف نيتها، فكانت تسأله مرارا وتكرارا.

شعر الشاب بأن في الأمر سر ما، وأن الفتاة تبحث عن شيء ما، من وراء كل تلك الأسئلة.

لقد كانت كل أسئلتها وفي كل مرة تبدأ بأسئلة عامة عن عمله، وعن الأمراض التي يعرفها، ثم تصل إلى أن تصبح أسئلة شخصية وخاصة عن جسده، وهل كان مصابا بأية أمراض.

تمكن الشاب من أن يكشف خطتها، وعرف بأنها تبحث عن شيء ما وعنه هو بالتحديد، وعندما واجهها بالأمر خافت وتراجعت، وأنكرت الأمر على الإطلاق.

## السر الغامض


بعد مضي الوقت وبعد الكثير من الوقت قضاه الشاب مع الفتاة، وبعد أن تأججت تلك المشاعر التي يشعر بها الاثنان، قرر الشاب أن يخبر الفتاة بالحقيقة.

لقد كان يشعر بأنها تريد أن تعرف سرا ما وراء شيء ما، ولكنه لم يكن يعرف بالضبط لما يهمها أن تعرف تاريخه الطبي.. وما إلى ذلك..

لقد كان يعمل في مجال الأدوية والأمراض، ويعرف الكثير عن الكثير..

ولكن أسئلتها عنه هو بالذات، قد أثارت فضوله لذا قرر أن يخبرها بأمر كان يخفيه عنها طوال تلك الفترة التي بقيها معها.

فقال لها:

اسمعي يا حبيبتي..

هل تريدين أن تعرفي سرا؟

**الفتاة:**

سر وما هو؟ وبما يتعلق؟

**الشاب:**

سر عني أنا؟

**الفتاة:**

ولكن.. اعتقدت بأنه لا توجد بيننا أسرار

**الشاب:**

عندما أخبرك لن يصبح بيننا أية أسرار على الإطلاق

**الفتاة:**

لقد جعلتني أقلق، هيا أخبرني رجاء..

**الشاب:**

لا.. لن أخبرك..

**الفتاة:**

ولكن.. لقد قلت بأنك سوف تخبرني..

**الشاب:**

أجل.. سوف أخبرك، ولكن بشرط..

**الفتاة:**

شرط؟

**الشاب:**

أجل.. شرط وان قمت بتحقيقه، وبصدق سوف أخبرك في الحال..

**الفتاة:**

أعدك بأنني سوف أحقق لك ما تريد..

**الشاب:**

لا.. لا أريد وعودا، بل أريدك أن تحققي الشرط، أولا ثم أخبرك..

**الفتاة:**

وما هو الشرط؟

**الشاب:**

أخبريني أنت أولا بالسر

**الفتاة:**

ليس لدي أسرار

**الشاب:**

فكري.. في أي شيء لم تقوليه لي..

**الفتاة:**

لقد أخبرتك سابقا بكل تفاصيل حياتي..

**الشاب:**

لا أقصد حياتك بل أخبريني بشيء عنا، عني وعنك،
شيء يخصنا نحن الاثنان أو يخصني ولم تخبريني به

ترددت الفتاة.. وتبدل وجهها بألوان.. ثم قالت:

أنا أخبرتك بكل ما أشعر به تجاهك

**الشاب:**

أليس هناك ما قمت بإخفائه؟

أشاحت الفتاة بنظرها بعيدا.. وقالت:

لا.. لا يوجد شيء.

أمسك الشاب بيد الفتاة وطلب منها أن تنظر في عينيه وأن تخبره الحقيقة التي تخفيها عنه، وأقسم عليها بحبهما أن تكشف السر الذي يشعر بأنها تخفيه.

في الحقيقة..، كان الشاب يشعر بالعار لأنه أخفى أمرا خطيرا عن الفتاة، ولكنه.. لم يمتلك الشجاعة لإخبارها، وخاصة أنها بدت وكأنها تعرف السر الذي يخفيه لذا قرر أن يلعب معها هذه اللعبة، لكي لا يستحي ويخبرها بالحقيقة كاملة.

فقالت الفتاة:

اسمعني جيدا.. ولكي أخبرك ما أخفيه عنك، يجب أن تعرف شيئا كان في السابق، في حياتي من قبل.

أنا أعيش هنا في الغابة لأنني مللت الحياة بين الناس، وهم يعتبرونني غريبة الأطوار أو مسخ.

لقد هربت من كل الناس لأنني لا أكبر في العمر، ولا تتغير ملامحي مع مرور الزمن، وأيضا لسبب آخر.. وهو السبب في أنني كنت أسألك مرارا وتكرارا عمّا إذا كنت مصابا بأي مرض، ولما أشعر بأن جسدك غريب، ولست ككل الرجال.

**الشاب:**

وما هو ذلك السبب؟

**الفتاة:**

السبب هو ...

قال الشاب (وقد أصبح متوترا جدا):

هيا أخبريني رجاء..

**الفتاة:**

لقد كان لدي بعض العلاقات في السابق، ولم أعد ابحث
عن رجل في حياتي لكي لا ....

**الشاب:**

لكي لا ... ماذا؟

**الفتاة:**

لقد كنت ...

**الشاب:**

ماذا؟

**الفتاة:**

جسدي كان ...

**الشاب:**

تكلمي ..

**الفتاة:**

جسدي يحتوي الكثير من السموم، وجلدي كان ساما،
فكل من يلمسني يموت فورا

انفجر الشاب بالضحك.. وقال:

أحقا.. ما تقولين؟

ولكن.. ألا ترين أنا حي أمامك..

**الفتاة:**

وهذا ما كنت أريد أن أتوصل إليه..

لما أنت بالذات لم يحدث معك ما كان يحدث في العادة مع كل الرجال وأي شيء ليس فقط الرجال

كل من كان يلمسني أو ألمسه أنا بقصد أو عن غير قصد، فإنه يموت لا محالة.. بل ويسقط من فوره ميتا.

**الشاب:**

ولكن.. أنا لم أمت..

**الفتاة:**

ومن أجل هذا.. أنا كنت أسألك لكي أعرف الحقيقة وراء ذلك، لقد خفت أن تموت وخاصة لأنني تعلقت بك وأحببتك.

ثم أجهشت بالبكاء.

**الشاب:**

إنه القدر يا عزيزتي..

وضمها إلى صدره، وقال :

لا تخافي.. إنه القدر وأنا أحبك.

لقد جمعنا الحب، ولن يفرقنا حتى الموت.

وبعد قليل.. وبعد أن جفف لها دموعها، رفعت رأسها
عن صدره وقالت له:

والآن اخبرني.. ما هو السر الذي تخفيه أنت عني؟

**الشاب:**

لا تقلقي يا عزيزتي.. ليس بالأمر الهام..

**الفتاة:**

أخبرني.. يجب أن تخبرني..

لقد وعدتني بأنه إذا أنا حققت الشرط، فانك سوف
تخبرني..

فما هو الأمر الذي كنت تخفيه عني؟

فكر الشاب قليلا.. ثم قال:

إنه ليس سرا بالمعنى الحقيقي

**الفتاة:**

ماذا تقصد؟

**الشاب:**

إنها مفاجأة

**الفتاة:**

وما هي؟

**الشاب:**

سوف أعيش معك هنا إلى الأبد

**الفتاة:**

هنا.. أحقا..

**الشاب:**

أجل.. هنا.. في الغابة بين الحيوانات والزواحف

لا يهمني شيء، المهم أن نكون معا.

**الفتاة:**

أنا سعيدة جدا..، وأعادت وضع رأسها على صدره

وضمته بقوة..

قبلها الشاب على جبينها، وقال:

وأنا أيضا سعيد يا حبيبتي..

عندما رأى الشاب حبيبته في تلك الحالة، لم

يستطع أن يخبرها بالسر الحقيقي الذي كان يخفيه..

## التناغم العجيب


عاش الشاب مع الفتاة فترة من الوقت، وعلمها الكثير من الأمور التي يعرفها مثل طهو الطعام وبعض الأمور الأخرى..

وكان يكلمها عن حياته، وعن عائلته التي لم يبق منها أي أحد، فقد كان يعيش وحيدا، ويشعر بأن الحياة صعبة، ومنذ أن وجد هذه الفتاة، أصبح للحياة معنى آخر.

لقد كان يعيش فقط من أجل العلم، ولم يكن له أية حبيبة، لظروف لم يذكرها لحبيبته.

وقد كان يخفي عنها سرا عظيما، ولكنه لم يكن يريد أن يخفيه للأبد، لذا قام بكتابتة على ورقة، ووضعها داخل ظرف، ووضعه داخل مذكراته، وأخبر حبيبته بأنه قد كتب الكثير من الأمور عن سم الأفاعي، وعن تجاربه لصناعة أدوية في مذكراته، وكان يريد أن يرسلها لأحد أصدقائه لكي يستعملها في تجارب صناعة الأدوية في مخبره الخاص.

لم تكن الفتاة تتدخل في عمله، بل كانت تكتفي بمشاهدته وهو يعمل، وقد ساعدته كثيرا وأعطته الكثير من المعلومات عن الأفاعي، وأيضا عن أنواع الفطر السام الذي يستطيع أن يستخلص منه أدوية ومضادات حيوية.

لقد كانت لديها الكثير من المعلومات المفيدة، والمهمة والتي يجهلها البشر العاديون، بل ويحتاجون

للكثير من السنين، وللكثير من التجارب أيضا، من أجل الوصول إلى بعض تلك المعلومات فقط.

عاش الاثنان حياة متناغمة وجميلة، وكانا يتشاركان مشاعرا رائعة، حب من الطرفين قوي ومتبادل.

في السابق كانت الأفعى تغير شكلها، وتعيش بشكل الأفعى كثيرا، حتى أنها كانت تقريبا قد نسيت المشي على رجلين ولكن.. ومنذ أن تعرفت على الشاب، أصبحت لا تغير شكلها تقريبا إلا أحيانا.

ولأنهما أرادا أن يعيشا معا إلى الأبد، فخيمة التخييم أم تكن تصلح لحياة طويلة، ولأجل هذا، قام الشاب وبمساعدة الفتاة، وبعض الحيوانات من بناء بيت على إحدى الأشجار.

لقد كانت شجرة تحبها حبيبته كثيرا، وغير بعيدة عن الشلال الذي كانا يسبحان فيه كثيرا.

لقد اعتقد الاثنان بأن الحب لا ينتهي والحياة
الجميلة لا تنتهي.

# موت مباغت

بعد مرور فترة من الزمن، والسعادة تكاد لا تنتهي، وفجأة.. وفي يوم ومن دون أيّة أسباب، وبعد أن كان الشاب، يقوم بالسباحة في المياه المتدفقة من الشلال، وبعد أن خرج من الماء، وقد كان بحالة جيّدة، تقدم من حبيبته التي كانت تستلقي تحت أشعة الشمس وأراد أن يقبلها.

ولكنه ولسبب ما شعر بشيء غريب لأول مرة، لقد كانت أنفاسه غير مرتبة، وكأنه يعاني من أمر ما.

وكلما اقتربت منه حبيبته أكثر، كلما أصبحت حالته أسوء، حتى بدأ جلده يصبح أزرق اللون تماما.

فابتعدت عنه حبيبته التي عرفت بأنه قد تسمم، لأن ما يحدث معه يخبر بأنه يعاني من تسمم.

ولكن.. كيف يحدث ذلك؟

وهي لم تعد سامة بالنسبة له.

وراحت تتساءل.. وأفكار كثيرة تدور بخاطرها، وهي لا تعرف.. كيف قد تفسر الأمر.

هل يعقل أن يكون سبب تسممه أمر آخر فطر أو أي شيء ربما في المياه..

كانت تفكر كثيرا.. ولكنها تشعر بأنها هي السبب، إلا أنها لم تكن تريد الاعتراف بذلك.

دموعها تنهمر بغزارة، وهي حارة مثل حمم البراكين وتكاد لا تصدق..

ربما.. قد تخسره..

قد يموت..

كل من حدث لهم تسمم بسببها قد ماتوا، أي أن سمها
قاتل ومميت

وبينما هي تفكر ولا حيلة لديها، كان الشاب ينازع
الحياة ويحاول أن يخبرها بشيء فقال:

اسمعيني يا حبيبتي..

**الفتاة:** (وهي تكفف دموعها)

نعم يا حبيبي..

**الشاب:**

لا تحزني يا حبيبتي..

**الفتاة:**

ولكن أنت تموت، لقد قتلك سمي..

**الشاب:**

لا تلومي نفسك..

**الفتاة:**

وسوف تتركني وحيدة

**الشاب:**

لا تخافي.. سوف أكون دائما معك، لقد أحببتك وسوف
أحبك دائما مهما افترقنا أو ابتعدنا..

**الفتاة:**

لا تتركني رجاء..

فأنا أيضا أحبك.

**الشاب:**

أنت شجاعة، كما أنك لست السبب فيما يحدث لي..

**الفتاة:**

ماذا تقصد؟

**الشاب:**

لقد تركت لك رسالة..

**الفتاة:**

رسالة؟

**الشاب:**

أجل.. رسالة.. إنها في مذكرتي..

عندما تقرئينها، سوف تفهمين الأمر..

**الفتاة:**

لا تكثر الكلام، فهذا يؤلمك..

وأخذته في حضنها، حتى نام نوما لا يقوم منه..

## وضاع الأمل


حزنت الفتاة كثيرا، لأن حبها قد ضاع والسعادة قد ضاعت، والأمل في الحياة قد ضاع..

لم تعد تشعر برغبة في الحياة..

كيف للشاب أن يموت؟

وهكذا.. فجأة..

فهو لم يكن يعاني من شيء، لقد اعتقدت فعلا بأنها سوف تعيش معه حتى يموت، ولكن ليس بهذه الطريقة، ولا بهذه السرعة..

كانت تعرف بأنه سوف يموت قبلها، لأنها هي خالدة ولكن ليس بهذه السرعة.

كما أنها لم تتوقع أن يموت بالسم مثله مثل كل الرجال الذين سبقوه، والذين مروا في حياتها.

لقد كانت تبكي بحرقة على حبيبها، الذي تركها وعلى نفسها.

لقد بقيت وحيدة، وسوف تكمل حياتها بهذه الطريقة، بل سوف ترجع إلى الحياة السابقة الباردة والكئيبة.

بكت لأيام وليالي.. وهي كلما نظرت حولها تذكرت حبيبها الذي دفنته بالقرب من الثعبان العظيم.

كانت تراه في البيت، في التفاصيل، في كل شيء وتسمع ضحكاتهما معا، عندما كانا سعيدين.

وبعد مرور أيام قضتها في الحزن والبكاء والنحيب، تذكرت كلمات حبيبها الأخيرة، والتي تتعلق بالمذكرة التي أوقعها سنجاب دخل الغرفة، سنجاب كان قد دخل الغرفة لكي يطمئن عليها، وقد كان من أصدقائها.

## رسالة بعد الموت

أخذت الفتاة المذكرة لتقرأ الرسالة، التي أخبرها
حبيبها بأنه قد تركها لها.

فوجدت أنه قد دون الكثير من المعلومات عن
سمها هي، وعن بعض أنواع الفطر السام أيضا.

لقد دون كل المعلومات التي كانت تزوده بها،
ولكن كانت هناك شيء غريب في المذكرة.

كان في المذكرة جزء كبير كتب عليه خاص.


أي أنها ربما كانت أبحاث خاصة، وفي ذلك الجزء كل المعلومات عنها هي، وعن نوع من الأمراض كان يدرسه..

ربما كان يبحث له عن علاج، ولكن بفعل سمها هي.

وبعد أن قلبت الكثير من الأوراق، وجدت الرسالة التي أخبرها عنها.

فأخذتها وما إن أمسكتها في يدها حتى انهمرت دموعها، ولم تستطع أن تمنع نفسها من البكاء.

وفجأة.. تحولت إلى أفعى، وخرجت من النافذة التي دخل منها السنجاب.

لم تعد الأفعى إلا بعد يومين، وعندما عادت أصبحت أكثر صلبا، ولم تعد هشة مثل اليوم السابق.

وبعد أن تمكنت من استرجاع أنفاسها، فقد كانت تسترجع كل الذكريات بمجرد أن ترى البيت، وكل ذكريات حبيبها الذي تركها مكسورة القلب والخاطر.

أخذت الرسالة.. التي ما إن وضعت يدها على حتى انهمرت دموعها، وبدأت تقرؤها.

وجدت مكتوب عليها ما يلي:

حبيبتي..

عزيزتي الغالية..

يا قلبي ونبض القلب..

يا حب عمري وحياتي..

اسمعيني يا ايكوم  لقد أحببتك، ولم أحب قبلك امرأة يوما، وكل ما قلته لك كان صحيحا..

أنت أول حب في حياتي، وسوف تكونين آخر حب.

حبيبتي.. أريد أن أصارحك بشيء، وقد كتبته، لأنني لم أمتلك الشجاعة لكي أقول لك الأمر.. وجها لوجه مع أنني قد حاولت ذلك لأكثر من مرة.

وقد خفت من أن تتراجعي في الحب عندما تسمعين كلامي، فأنت سوف تترددين من شدة حبك لي..

ولكن.. أنا كنت أؤمن بأن سنة معك تساوي عمرا بأكمله    وبعيدا عنك لا يمكنني العيش والحياة

الأمر خطير.. لذا كان يجب أن أخبرك به، ولو بعد مغادرتي.

أنا لا أظن أننا سوف نبقى معا إلى الأبد..

في الحقيقة.. أنني في البداية اعتقدت بأننا سوف نعيش معا حياة طويلة وخاصة بعد أن لاحظت تغيرا حصل معي.

أظن أنك تتساءلين.. وتطرحين الكثير من الأسئلة سوف تقولين:

ما الذي تغيّر معك؟

أنا أعلم أن الحيرة تحيط بك، وخاصة إن كنت تقرئين هذه الرسالة، فهذا يعني بأنه قد حصل ما كنت قد توقعته.

سوف تسألين.. وتقولين ما الذي توقعته؟

أجل.. لا تتعجلي يا حبيبتي.. سوف أجيبك على كل أسئلتك، نعم.. كلما كان ليخطر ببالك أنا كتبت الأسئلة التي كنت ستطرحينها، وأجبت عليها لكي لا أجعلك تعانين.

الأسلة التي كنت ستطرحينها هي كالأتي وأجوبتي عليها معها كنت ستقولين:

اشتقت لك..

وأنا أقول:

ليس كشوقي لك يا حبيبتي..

يعز علي فراقك.. ولو كان بيدي لما فارقتك للحظة ولو بالموت ولو كان الموت شخص لتحديته لأجلك.. ولانتصرت عليه فقط لأجلك..

وتقولين:

لما تركتني؟

وأنا أجيب:

ليس بيدي.. لفضلت أن أكون خادما لك، على أن أكون
ملكا بعيدا عنك.

لفضلت أن أعيش في فقر معك، على أن أكون من
أثرى أثرياء العالم بعيدا عنك.

لفضلت أن أكون سم الأفعى، على أن أكون رجلا
يمشي على رجلين.

سوف تسألين أيضا، وتقولين:

ما الذي لم تستطع إخباري به؟

ما الذي تغير معك؟

ما الذي توقعته؟

وأنا أقول لك:

هذا هو السبب الذي كتبت لك رسالة من أجله، لكي أجيب على كل أسئلتك، ولكي أخبرك بالأمر الذي أخفيته عنك، وأيضا عن سبب موتي..

حبيبتي..

لست أنت السبب في موتي..

إن حدث ومت بطريقة ما، وأظن أنها سوف تكون الطريقة التي مات بها كل الرجال، الذين تعرفت عليهم أو حتى الناس الذين لمستهم

سوف أموت مسموما..

بفعل السم الذي في جسدك، والذي لم يكن يؤثر عليا سابقا

ولكن.. أظن أنه سوف يأتي يوم ويؤثر علي

سوف تقولين:

لماذا؟

وما الذي تغير؟

للإجابة على هذا السؤال سوف أخبرك بأمر أخفيته
عنك،

أنا قد كنت أعاني من مرض..

مرض.. لم أذكره لك، وخاصة أنك كنت تسألين كثيرا
فظننت بأن في الأمر سرّ، وعندما اكتشفت
السرّ، لم استطع إخبارك.. أكثر من الأول.

لقد كنت تسألين كثيرا من الأسئلة لكي تعرفي لما
لا يقتلني سمك.

وهذا لم يكن مانعا لأخبرك بحقيقة الأمر، ولكن المانع
هو ما أخبرتني به فيما بعد.

لقد كنت تبكين بشدة، وأخبرتني كم جرحك، أن افترقت عن كل الناس بسبب السم الذي في جلدك.

لقد عرفت من نظرات عيونك بأنك لو عرفت الحقيقة لانفصلت عني، وتركتني حبا وليس تخليا.

كنت لتهربي مني لكي لا تعرضي حياتي للخطر، ولكن أنا أفضل الخطر معك على الأمان بعيدا عنك.

كنت أفضل البقاء معك، ولازلت أفضل، ولو عدت بالزمن لفعلت نفس الشيء مرارا وتكرارا.

عندما جئت إلى الغابة لأول مرة كنت أحمل معي بعض الحقن، التي تعطى في العضل، لأنني أعاني من توتر في الأوردة يؤدي إلى عطب في العضل، وهذا الأمر لا يعرفه أحد، بل أخفيه عن الجميع.

لقد كنت أبحث عن أدوية للناس، ولكنني أيضا كنت في رحلة بحث عن دواء خاص، لهذا المرض الغريب والذي لا دواء له.

وعندما لمستك لأول مرة، شعرت بشيء غريب..

وبعد ذلك..، وجدت بأنني لم أعد بحاجة إلى تلك الحقن، وبعدة عدة أيام وأسابيع، شعرت بأن دمائي تتجدد والأوردة مستقرة، والعضل كذلك، لقد لمست التغير الذي حدث في جسدي.

وعندما أخبرتني بقصة السم، عرفت بأن سمك قد عالجني..

ولكن ...

أنت تقولين:

ولكن ماذا؟

الإجابة لك مني:

عندما شفيت، هذا يعني بأن جسدي قد أصبح يعود إلى حالته الطبيعية يوما بعد يوم..

وسمك كان هو من يساعده على الاستقرار..

ولكن.. وحسب خبرتي والتجارب التي كنت قد أجريتها سابقا، والدراسات التي قمت بها أيضا، فإن بعد الاستقرار التام، وأقول التام لجسدي، سوف يعود إلى طبيعته، ويتخلص من المرض بفعل سمك.

وبعد فترة من الزمن..، وعندما يصبح جسدي قد تجدد بالكامل، وعاد إلى سابق عهده، هنا سوف يصبح سمك خطرا عليه.

عندما عرفت ذلك، لم أمتلك الجرأة لكي أصارحك أو أفرّ من الحب كالجبان، لكي أنجو بالحياة، في تلك الحالة سوف أفرّ من الحياة إلى الموت، وليس العكس، الحياة بعيدا عنك هو موت بالنسبة لي.

أنا أحبك.

وسوف أحبك دائما..

ولن أفرّ..

بل لقد قررت.. أن أموت بين ذراعيك..

فضميني.. ودعيني أنام هناك إلى الأبد..

لا تنسي يا حبيبتي بأنني أحبك، ولا مانع لدي بالموت بين يديك.

## الحب القاتل

حزنت الفتاة كثيرا، وقد عرفت بالسبب الحقيقي
وراء وفاته، لقد قتلته.

لقد كانت تشعر بالعذاب الشديد، لأنها قتلته، فهي
في الأول والأخير مجرّد أفعى سامة.

ومن شدة حزنها ماتت، وتحولت إلى أزهار
بيضاء نقية وطاهرة، ولكنها سامة، وأصبح الجميع
يطلقون عليها الأفعى البيضاء..

رمز للطهارة والحب، ولكنها تحمل السم أيضا.

# Sommaire